Die schwäbische Bauernhochzeit

Ludwig Aurbacher

Die schwäbische Bauernhochzeit

Vor der Kirche ist schon Groß und Klein versammelt, neugierige Leutchen (der Verfasser darunter), um den Brautzug, der soeben herauskommt, gemächlich anzusehen. Die Musikanten, zwei Fideln samt Brummbaß, eröffnen den Zug; voran die »Buben«, groß und klein, in Feiertagsröcken, einen Rosmarin auf dem Hute, im Gesichte Gesundheit, Mut und Frohsinn; zwischen ihnen und den Männern der Bräutigam, ein frischer, lebensmutiger Bursche, mit einer Haltung und Miene, aus denen der Kampf zwischen frohem Leichtsinn und ernster Sorge sichtbar wird. Dann das liebliche Mädchenvolk, von dem Kinde herauf bis zur mannbaren Jungfrau, alle anständig und sittig in Kleid und Gebärde; hierauf von den Matronen begleitet, die Braut – den Blick zur Erde gesenkt, um das naßgeweinte Auge zu verbergen, das in den feierlichen Augenblicken der Kopulation mit Wehmut aus die verlorne Jugend zurück, und mit Sorge auf das lange, bange Hausmutterleben vorwärts blickte; – eine schöne, jungfräuliche Gestalt, in einem schwarzen Kleide, mit weißer Schürze, den Rosmarinkranz auf dem entblößten Haupte, wie ein zum Tode geweihtes Opfer.

Der kürzeste Weg von der Kirche ist in das Wirtshaus, das daran liegt. Es scheint, als wenn der Ort schon begeistere; denn es poltert und lärmet die Stiege hinaus in den Soler, als wenn alles losgelassen wäre, die Hölle selbst. Einzelne, tüchtig akzentuierte »Juchhe!« begrüßen den Ort der Freude, und der Tanz des jungen, heitern Völkleins geht sogleich an, während die übrigen sich in und außer dem Hause zerstreuen.

Um zwölf Uhr gehen sie zu Tische, Männer und Weiber sitzen zusammen; bei jenen der Bräutigam, bei diesen die Braut – alles in Züchten und Ehren ... Nun gibt es in der Regel nichts langweiligeres für einen Zuschauer, als ein Gastmahl während der ersten Gerichte: bei Bauernhochzeiten ist es aber anders. Wenn man diesen gesunden Appetit der Leute bemerkt, wenn man sieht, mit welchem Anteil Leibes und der Seele sie jeden Bissen zu Mund und Gemüte führen; wenn man bedenkt, daß ihnen eine solche Tafelfreude schon um der Seltenheit willen doppelt teuer sein muß und auch wirklich ist; dann müßte man der gefühl- und appetitloseste Kerl von der Welt sein, wenn man ihnen nicht ein herzliches »Gott gesegn' es!« zuriefe, und alsobald, von gleichem Hunger angesteckt, hinab liefe in die Küche und sein Essen bestellte, wie z. B. ich jetzt tue.

Sobald es oben wieder zu fideln und zu stampfen beginnt (es ist ein Uhr, Suppe und Voressen droben vorbei), so eile ich wieder hinauf zum Tanzplatz.

Braut und Bräutigam haben bereits, von einer Schranke von Zuschauern umgeben, ihre Stellung eingenommen, und Wind und Licht richtig verteilt. Ein Menuett beginnt. Der Bursche, in kecker, doch nicht frecher Stellung, die beiden Hände in die Seiten gestemmt, – das Mädchen sittsam, doch nicht blöde, die Schürze an beiden Seiten fassend und ausbreitend – machen nun ihre stattlichen pas so gut sie dieselben von der lieben alten Gewohnheit und von der einfachen, ungekünstelten Natur erlernt und ausgebildet haben. Es geht aber wacker. Sie zeigen nicht nur Takt, richtige Wendung und Stellung, mit mannigfach abwechselnden Formen, sondern sie bringen auch Dessin hinein, und (ich möchte fast sagen) eine Art von Taktik der Liebe. Anfänglich ersteht man aus allem. Blick, Haltung und Bewegung, etwas Fremdtuendes, Formen der Höflichkeit, ein bloßes Annähern und Entfernen ohne Haß und ohne Liebe. Bald aber tritt Interesse ein. Der Jüngling wird freier, offener, kühner: er sucht, verfolgt, drängt das Mädchen, dieses erwidert, aber nur in verstohlenen Blicken der Zärtlichkeit, in halbem Annähern, halbem Entfernen, dem Zudringlichen aber mit Entschiedenheit ausweichend. Die Wärme nimmt zu. Es begegnen sich Aug und Aug, Hand und Hand. Die Formen bekommen mehr Runde; sie verschmelzen sich allmälig, wie ihre Seelen, und bereiten sich zu ihrer Vereinigung: doch herrscht noch einige Unsicherheit im Annähern des Jünglings, noch sittige Schüchternheit im Entfliehen des Mädchens. Wie er jetzt sie verfolgt, wieder ergreift! wie sie dann plötzlich entschlüpft, sich entfernt, durch Drehen und Wenden dem Verfolger ausweicht – und sich zuletzt doch wieder erhaschen laßt! Endlich gibt sie sich ihm ganz hin; mit kräftigem Arm umschlingt er die Nachgiebige, und reißt sie wonnetrunken in den Wirbel des Walzers, er, sein Auge zärtlich auf die Geliebte herabsenkend, sie, ihr Haupt schamhaft an seine Brust oder an seine Schulter lehnend, beide selig in der innigsten Vereinigung.

Sobald das Brautpaar, unter Beifall, den Platz verlassen, nimmt ihn wiederum das lustige, junge Völklein ein, und verkürzt sich und anderen durch mancherlei Tänze die Zeit. Jetzt führen sie den »Agatter« (à quatre) auf (auch zu acht und sechzehn Personen) mit vielerlei Abwechslung in Stellung und Wendung, in Verschlingung und Entwirrung, vom Schülertritt an bis zu den Meistersprüngen, in einer Reihe von Probestücken, die anfangs ein jeder einzeln, später mehrere zusammen, endlich alle zugleich ausführen, und, wie immer, in den alles und ganz vereinigenden Walzer auslaufen von drei bis sechs Touren, Dann wagen wohl auch einige der Flinkeren unter ihnen, welche Waden- und Lungenkraft haben, den ermüdenden Hupfauf, oder ein einzelner Kerl, der berühmteste Tänzer der Umgegend, den Meistertanz, die sieben Sprüng'; und andere anderes.

Schlag zwei Uhr wird eine neue Tracht Speisen serviert. Die jüngeren haben sich schon wiederum Appetit getanzt (der Bauernmagen verdaut ohnehin gut in einer Stunde); die älteren verkosten nur mehr und schicken die Schüssel lieber ihren Kindern nach Hause, um sie an den Hochzeitsfreuden teilnehmen zu lassen, vermeinend, es sei keine Freude ganz, an der nicht alle etwas hätten.

Um drei Uhr, nachdem man neue Herz- und Magenstärkung zu sich genommen, bricht das junge Gesindel auf, um in einem feierlichen Zuge das Wickele abzuholen aus dem Mutterhause der Braut; eine schöne, bedeutsame Gewohnheit, womit der Braut symbolisch die ganze Pflichtenlehre der Hausmutter, Arbeitsamkeit, Reinlichkeit, Sparsamkeit vors Auge gerückt werden soll. Der Zug, die Musikanten an der Spitze, ist aber von etwas bacchantischer Natur; die Kerle, bei denen schon der Rausch von Trank und Liebe in leichtem Anflug ist, überbieten sich förmlich im »Jodeln und Juchezen«, mit den sonderbarsten Modulationen; Scharen von Kindern umschwärmen sie, miteinstimmend in den Jubel. Auf der Rückkehr sucht man sich einen bequemen Wiesenplatz auf; die Kunkel, zierlich angelegt und bunt bebändert, wird in die Mitte gestellt, und der fröhliche Reigen bewegt sich nun lärmend auf dem beblümten Plane rundum. Dann kehrt man ins Wirtshaus zurück zur vierten Tracht.

Indessen hat der Bräutigam, seinen Gästen und allem Volke zu gefallen, ein paar Spiele angeordnet, die nun zum besten gegeben werden.

Fürs erste haben die Mädeln zu ringen, welche die flinkeste sei im Eierklauben, die geschickteste im Eimertragen, und so in andern Dingen. Sodann kommt die Reihe an die Buben. Die haben sich bloß zu balgen, zu zerklopfen, zu zerharren und zu überrennen, um der Pfennige wegen, die unter sie ausgeworfen werden. Höhere Preise werden gesetzt für die besten Raufer und Laufer, Den Beschluß macht heute ein Wettrennen, aber bloß mit Ochsen, Die »Gaudi« ist groß. Das Vieh, ungewohnt zu galloppieren, wozu es doch mit unmäßiger Strenge angetrieben wird, gibt sein Mißfallen verschiedentlich zu erkennen. Der eine läßt sich durchaus nicht von der Stelle bringen, sondern bewegt sich als Kreisel, bis ihm und dem Reiter sehen und hören vergeht. Ein anderer brüllt wohl entsetzlich, geht aber desto langsamer, und im Zickzack. Ein dritter rennt wie besessen voran, aber bloß dem wohlbekannten Stalle zu, von dem er nicht mehr wegzubringen ist. Ein vierter, in lauter Schwingungen auf und ab, hin und her sich bewegend, wirft den Reiter ab und geht, dessen froh, seines Weges weiter. Ein fünfter rennt zwar streckenweise, hält aber zu oft stand und bedenkt sich zu lange, wohin und wie weit; während der sechste, der gescheidtere, zwar gemächlich einhertrottet, aber doch zeitig genug, nämlich der erste, das Ziel erreicht. Der bekommt denn auch (der Retter nämlich, nicht der Ochs) den Ehrenkranz aus der Hand der Braut.

Man speiset zum fünften mal und tanzt zum zwanzigsten mal und trinkt zum hundertsten mal. Nun haben auch (bald) die Männer das Ihrige und rühren sich mit dem Maule, so lang und so gut es geht ...

Heute aber schwirrt das muntere Gespräch (besonders von der Wetterseite her) zu sehr in einander, als daß man sich selbst recht verstehen könnte, geschweige den Nachbar. Einzelne Trinksprüche nur schlagen mir vornehmlich ins Ohr; z. B. »Gott verläßt keinen Deutschen – hungerts ihn nicht, so dürst's ihn« – »Alles versoffen bis ans End, macht ein richtig's Testament.« – »Duck dich mein' Seel', es kommt 'n Platzregen« u. dgl. ... Ein dicker Mann in der Ecke fällt mir indessen auf. Er spricht am wenigsten, aber trinkt am meisten. Seine Miene hat eine ganz seltsame Mischung von tiefem Ernst und freundlicher Milde. Mit unverwandtem Blicke auf den Krug, mit schmunzelndem Munde scheint er, wie gewisse Dichter, Theorie und Praxis, des Trinkens nämlich, zugleich zu betreiben, und eben darum beide wechselweise zu veredeln. Nichts kann graziöser sein, als die Art, wie er den Krug saht. Während des Trinkens scheint er alle fünf Sinne in Bewegung zu setzen, um recht zu genießen. Er beschaut das lautere, kostbare Naß; er beriechts (hören kann ers nicht); er schmeckts – Himmel, mit welcher Wonne! Man möchte den Seligen beneiden, wäre man nicht schon selig genug in seiner bloßen Anschauung.

Ja, wenn du mir, kalter, strenger Moralist mit deinem grinsenden Bocksgesicht in die Zechstube und meine Beschreibung hinein stierest! Du, der du nicht einmal Kraft genug hast, um eine ordentliche Sünde zu begehen, oder der du eine Sünde bloß in einen dünnen, langen Faden ausspinnest und dich weit zierlicher einwickelst, während andere ihren Fehler en grosauslegen und mit einem male; der du, was eigentlich Ohnmacht an dir ist, als Kräftigkeit betrachtest, und dich aller Tugenden befleißest, auch der Enthaltsamkeit, nur der größten und ersten nicht, der Liebe! Mit dir will ich nicht rechten über die Moralität meiner Hochzeitsleute, Du weiht nicht, wie wohltätig, ja wie notwendig nach langen, schwülen Werktagen ein solcher Platzregen ist für die durstende Natur im Bauer, um all die Mühen und Sorgen wegzuschwemmen und, wenn auch nur aus einige Stunden, sein halb verdorrtes, eingeschrumpftes Leben aufzuweichen und zu erfrischen! Was willst du denn nach deinem Maßstab die Sündhaftigkeit seines Genusses ermessen, da du ja auch nicht die Mühseligkeit seines Tagewerkes zu würdigen verstehst! Geh einmal statt seiner hin, schieb an dem Pfluge den ganzen Tag hindurch, iß seine harte, grobe Nahrung wochenlang, placke dich ein Jahr hindurch mit seinen Sorgen und Arbeiten und Jammer und Not; und dann komm, wenn du's noch vor Gott und Menschen zu verantworten glaubst, schließe die Bierschenken an Sonn- und Feiertagen, schaffe die Kirchweihen ab und die Volksfeste, und verpöne jeden Rausch im Lande mit Kirchenbuße und Kettenstrafe ... Freund, ich denke, du wirst's bleiben lassen, und dem Landmanne seine Freuden gönnen und ihn nicht darin stören, geh' es auch manchmal zu bunt zu und über die Schnur.

Den halt ich, Gott Lob! weg; und so kann ich in meiner Beschreibung ruhig und sittsam fortfahren.

Nachdem die letzte Speise (ich glaub, es ist sieben Uhr) verzehrt worden, füllt sich das Wirtshaus immer mehr mit andern Gästen. Die Zeit ist da zum schenken. Wer nur Geld hat im Dorfe und einiges Interesse an und von den Brautleuten, der legt seinen Pfennig auf den lebendigen Opferaltar, die Braut; um so mehr die Teilnehmenden am Gastmahle, welche, außer für Kost und Trunk des Tages, nichts bezahlen dürfen, als eben auch ein Geschenk. So ist's Sitte, und gewiß eine löbliche; denn (so meinen sie) Anfänger im Hauswesen müßten am Hochzeitstage unterstützt, nicht des

Ihrigen beraubt werden; und sodann sei dies Geben nur ein Leihen; die Reihe gehe um, und andere Bräute würben mit der Zeit die Zinsen einfordern von dem Kapitälchen, das die anwesende Braut heute empfange.

Nach vollbrachter Schenkung tritt der Hochzeitredner auf und spricht die Anwesenden in einer zierlichen, herkömmlichen Rede an. In ehrwürdiger Stille und Haltung (denn es ist ja von geistlichen Dingen die Rede) wird der Spruch vernommen. Der Redner (um es meinen Lesern kurz zu sagen) sängt an von Anfang, nämlich von Erschaffung der Welt, Nachdem er das Thema, »er schuf sie, ein Männlein und ein Fräulein«, hinreichend erklärt, geht er die Beispiele namhafter Ehen im alten Testament durch, kommt sodann auf Christus und die Hochzeit zu Cana in Galiläa, und rekapituliert kürzlich die evangelische und apostolische Haustafel für Eheleute, Sodann geht er über zu den gegenwärtigen »tugend- und ehrsamen Paar Brautleuten«, rühmt mit Bescheidenheit (alles steht so in seinem Formular) ihren bisherigen Lebenswandel, gedenket ihrer lieben Eltern und Wohltäter, besonders der seligen (hier wird ein andächtiges Vater unser und ein Ave Maria eingeschaltet) und schließt endlich mit dem Danke an die Anwesenden im Namen der Brautleute für die Ehre des Besuches und die gesteuerten Gaben, und mit der Bitte um fernere Freundschaft.

Der erste Teil der Rede wird mit einer wahren frommen Andacht vernommen; der andere nicht ohne innige Teilnahme, ja sogar mit lautem Weinen und Schluchzen, besonders wenn der Toten gedacht wird. Aber sobald das letzte Wort des Redners verklungen, so beginnt wieder bei dem ersten einfallenden Tone der Musikanten

der fröhliche Lärm mit seinen »heisa! hopsasas«! und der Tanz und
die Kur geht von vornen an, unmöglich noch ärger, und dauert bis in
die tiefe Nacht.